GW00984115

ISBN 978-88-477-2750-2

www.edizioniel.com

di **Roberto Piumini**
illustrato da **Valentina Salmaso**

Edizioni EL

C'era una volta, al principio del tempo, il Grande Padre, che un giorno disse: "Voglio fare il mondo", e lo fece. Sotto mise la terra e l'acqua, e sopra mise l'aria. La terra sembrava ferma, ma spesso si muoveva per i terremoti, o per spostamenti delle rocce profonde. L'acqua si muoveva nei ruscelli, nei torrenti, nei fiumi e nel mare, e poi, scaldata dal sole, saliva in cielo, formava le nuvole, diventava pioggia e ricadeva sulla terra.

Anche l'aria si muoveva nella brezza, nel vento e nella tempesta, muovendo le nuvole e le onde del mare, l'erba e le foglie degli alberi che stavano in terra, e talvolta entrava nella terra attraverso le caverne o le tane degli animali.
Insomma tutto, al mondo, si muoveva.
Ma al grande Grande Padre quel movimento non bastava.

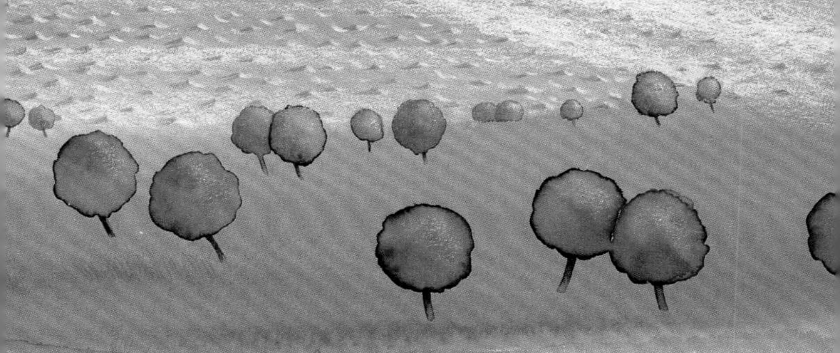

“Voglio fare gli animali”, disse, e li fece.
Cosí fece gli animali che stavano sulla terra, quelli che stavano sotto terra, quelli che stavano un po’ in terra e un po’ in acqua, quelli che stavano solo in acqua, e anche quelli che stavano un po’ in terra e un po’ in aria.
Insomma, tutti gli animali si muovevano.
Ma al Grande Padre quel movimento non bastava,

e disse: “Voglio fare uomini e donne”, e li fece.
E uomini e donne si muovevano sulla terra e nell’acqua, da soli e in compagnia, cacciando animali o portandoli al pascolo, cogliendo frutti degli alberi o coltivando la terra. Insomma, uomini e donne si muovevano, e dicevano: “Voglio andare là”, e ci andavano, oppure “Voglio quella cosa”, e la prendevano, e cosí via.

Ora accadde che, a forza di vedere questo, di vedere quello, di volere quello e volere questo, gli uomini e le donne cominciarono a discutere, a litigare, a lottare fra loro.
"Voglio le tue pecore! Dammele!" diceva uno.
"Non ci penso nemmeno!" rispondeva l'altro.
E c'erano zuffe e botte.
"Dammi tuo marito!"
"Nemmeno per sogno!"
E avanti con insulti e graffi.
"Voglio la tua terra!"
"No, voglio io la tua!"
E giú litigi, sfide e guerre.
Insomma, uomini e donne si muovevano, però non come la terra, l'acqua e gli animali, ma con piú violenza e prepotenza.

Nella loro mente nacquero strani movimenti,
e pensieri cattivi, come l'invidia, la prepotenza,
la rabbia, la gelosia, l'avidità, la vendetta.
Il mondo, che prima era in pace, divenne inquieto.
Gli animali, che prima non avevano paura di uomini
e donne, cominciarono a stare lontani da loro.

Bisogna sapere che fra tutti c'era un uomo di nome Noè, che invece dei cattivi pensieri ne aveva in testa altri. "Come siamo stolti!" pensava. "Abbiamo avuto in dono la terra, le acque e l'aria e animali di ogni specie, e invece che goderceli in pace, litighiamo e lottiamo!"
A un certo punto quei pensieri preoccupati vennero fuori, e Noè prese a girare fra uomini e donne, e diceva: "Cosa fate? Perché litigate? Perché non state in accordo? Volete che il Grande Padre, guardandoci, si arrabbi contro di noi?"
Quelli non gli davano retta, e lo prendevano in giro, dicendo: "Vecchio, levati di torno, se non vuoi una bastonata!"
"Vattene, Noè noioso, o mando il cane a morderti i polpacci!"
Cosí Noè, insieme alla sposa e ai tre figli, Sem, Cam e Jafet, andava per le terre del mondo, cercando di far ragionare la gente, ma non ci riusciva.

Noè, aiutato da moglie, figli, e mogli dei figli, costruí un'arca molto larga, molto lunga e molto alta, ci mise un tetto e fece una porta. Poi mandò i figli e le loro mogli a radunare gli animali, e piano piano, da ogni parte, arrivarono le coppie degli animali di terra, dagli elefanti alle formiche, dalle gazzelle agli ippopotami, dagli uccelli agli insetti, dai serpenti ai vermi.
Mano a mano che arrivavano, Noè dava loro la benedizione e li faceva salire sull'arca, che aveva diviso in molti piani, per farli stare piú comodi. Quando tutti gli animali furono a bordo, anche Noè salí, e chiuse la porta, mentre dal cielo cominciavano a cadere le prime gocce.

Non fu una pioggerella,
e nemmeno una pioggia, e
nemmeno una grande pioggia:
piovve per giorni e giorni, non
smetteva mai di piovere, e piano
piano la terra si allagò, e l'arca,
sollevata dall'acqua, cominciò
a salire, mentre altra pioggia
cadeva, e uomini e donne del
mondo annegavano, e altra
pioggia cadeva, cadeva, per
centocinquanta giorni, finché
l'acqua coprí ogni cosa, anche
le cime dei monti piú alti.
Poi la pioggia cessò, anche se
per molti giorni le nuvole nere
continuarono a coprire il cielo,
tanto che nessuno degli animali
che stavano nell'arca mostrò di
volersi muovere.
Alla fine, spinte da un vento
fresco, le nuvole si mossero. Da
oriente si allargò un cielo azzurro
e luminoso.
L'arca era immobile sulle acque, ma
tremava, come percorsa da un'onda
interna e segreta. Gli animali, inquieti,
agitavano le teste, i musi, le corna, le ali,
le zampe, i becchi, le code, le antenne.

Noè, sul punto piú alto del ponte dell'arca, guardava attorno da ogni parte, ma non vedeva altro che acqua.
"Tenete tranquilli gli animali", disse alle mogli dei suoi figli. "Non è ancora venuto il momento".
Allora le tre donne presero flauti e tamburello, e suonarono una musica dolce e calma, e gli animali si misero quieti.
Il mattino dopo Noè tornò a guardare attorno, ma non vide altro che acqua. Prese il corvo, e disse:
"Amico corvo, fa' un volo, e torna".
Il corvo prese il volo e si allontanò nel cielo azzurro, fino a diventare un puntino, e poi scomparve.
Dopo un'ora Noè rivide il puntino nel cielo, e poi il corvo che si avvicinava volando, basso e stanco, fino a cadere stremato sull'arca.
Noè lo raccolse, e gli guardò le zampe: erano perfettamente pulite.
"Tenete tranquilli gli animali", disse il vecchio. "Non è ancora venuto il momento".
Le mogli di Sem, Cam e Jafet suonarono con flauti e tamburello una musica ancora piú dolce, e anche gli animali, che avevano ripreso ad agitarsi, si misero tranquilli.

Il mattino dopo Noè guardò.
C'era un velo di nebbia attorno all'arca, e il suo sguardo non poteva spingersi troppo lontano.
Andò a cercare il corvo, ma lo trovò vicino alla sua compagna, steso sul legno dell'arca, stanco e tremante per il volo del giorno prima.
Allora Noè prese una colomba, e le disse:
"Amica colomba, fa' un volo, e ritorna".
La colomba spiccò in volo verso est, e sparí nella nebbia.
Dopo mezz'ora tornò, e aveva le zampe asciutte e pulite.
"Se hai ancora forze, amica colomba, fa' un altro volo, e ritorna", disse Noè, e la lasciò andare verso ovest. La colomba si alzò in volo e sparí un'altra volta nella nebbia.
Dopo mezz'ora tornò, e quando si posò sul braccio di Noè, aveva le zampe bagnate.
"Se non sei troppo stanca, amica mia, fa' un ultimo volo, e ritorna".
La colomba, battendo con fatica le ali, si alzò in volo verso sud, e per la terza volta sparí nella nebbia.
Le mogli di Sem, Cam e Jafet suonavano continuamente i loro pifferi e il tamburello, per calmare gli animali, e l'arca traballava, vibrando di migliaia e migliaia di impazienze.

Ed ecco, dopo piú di un'ora, la colomba tornò. Volava spedita, e quando si posò sul braccio di Noè, il vecchio vide che aveva un ramoscello di olivo nel becco.
Allora capí che a sud le terre erano emerse dall'acqua, e c'erano alberi fioriti. Cosí chiamò i figli, e disse:
"Preparatevi ad aprire la grande porta, perché fra pochi giorni potremo lasciare scendere gli animali".
Mentre diceva questo, un vento fresco e teso spingeva lentamente l'arca verso sud. Si vedevano in lontananza delle zone asciutte, piccole isole.
Le mogli smisero di suonare, e di nuovo ci fu sull'arca una grande agitazione.
All'improvviso, il fondo dell'arca sfregò contro il terreno, e s'incagliò.
Attorno, l'acqua calava a vista d'occhio, e presto si vide che l'arca s'era fermata sulla cima di una grande montagna.

Le piccole isole che si vedevano in lontananza, mentre l'acqua calava, erano le cime di altre montagne.
Il sole splendeva, e asciugava rapidamente il terreno attorno.

Non solo gli animali, ma anche i figli di Noè, e le mogli, e la moglie di Noè, erano presi da grande agitazione.
"Domani apriremo la porta, figli miei!" annunciò Noè. "Bisogna avere pazienza".
"Apriamola adesso, padre!" gridavano i figli.
"È ancora troppo presto, figli miei", lui rispose. "Il sole deve ancora asciugare il terreno, e se usciamo adesso potremmo rimanere impantanati nel fango".
"Apriamo la porta, marito!" diceva la moglie.
Noè alzò la mano, e disse:
"Ora vi racconterò una storia, e quando sarà finita apriremo la porta".
Tutti si misero attorno a lui. Anche gli animali, come se capissero le sue parole, si accucciarono e si calmarono.
Noè prese a raccontare una storia. Siccome non conosceva molte cose, raccontò di un mondo che era in pace, finché uomini e donne avevano cominciato a volere troppo, a litigare, a lottare fra loro. Raccontò di un Grande Padre che aveva chiamato un uomo giusto, e gli aveva fatto costruire una grande arca, e gli aveva detto di chiamare gli animali.
La moglie di Noè, i tre figli e le mogli dei figli conoscevano bene quei fatti, però non avevano mai sentito nessuno che li raccontasse, e cosí rimasero fermi e zitti ad ascoltare, finché Noè ebbe finito: ma quando finí era già notte, e tutti andarono a dormire.

Il mattino dopo, il sole splendeva ancora piú forte.
Ormai gran parte del paesaggio era terra asciutta.
"Aprite la porta!" gridò Noè.
La porta dell'arca fu aperta, e gli animali, senza spingere, scesero sulla terra, e appena scesi corsero via, camminando, saltando, strisciando, volando.
Poi scese la famiglia di Noè, portando in braccio alcuni agnelli.
Per ultimo scese Noè, tenendo il corvo sul braccio sinistro, e la colomba sul braccio destro.
Il Grande Padre, seduto su un masso, li salutò, e disse sorridendo: "Benvenuti nel mondo nuovo. Andate e moltiplicatevi, e restate in pace".

L'AUTORE

Roberto Piumini è nato a Edolo, in Valcamonica, nel 1947. Ha vissuto a Varese, abita a Milano. Ha fatto l'insegnante, il pedagogista, il conduttore di gruppi espressivi, l'attore, il burattinaio. Dal 1978 ha pubblicato libri di poesie, filastrocche, fiabe, storie, racconti, romanzi, poemi, testi teatrali. La sua personale ricerca sulla musicalità della lingua lo porta spesso a lavorare a fianco di musicisti, scrivendo testi per cori, brani e opere musicali. Insieme all'amico Giovanni Caviezel compone canzoni; quelle per piccoli sono cantate e mimate con bambini in incontri per scuole e biblioteche. Ha collaborato alla trasmissione televisiva «L'Albero Azzurro». È stato autore e conduttore delle trasmissioni radiofoniche «Radicchio» e «Il mattino di zucchero». È autore di radiodrammi, racconti e romanzi per adulti, e di varie traduzioni di poeti inglesi.

L'ILLUSTRATORE

Valentina Salmaso è nata qualche decennio fa e da allora ne fa di tutti i colori. Soprattutto sui fogli e in cucina. Ama disegnare e illustrare per i bambini, ed è rimasta un po' bambina anche lei, nonostante i suoi lavori siano pubblicati da prestigiose case editrici in Italia e all'estero. Le piace molto viaggiare: è per questo che non vede l'ora di scovare un'agenzia particolare, una che finalmente organizzi viaggi oltre l'immaginazione. Per il momento li disegna, facendo, a ogni foglio, quattro salti nella fantasia.

• un libro in tasca •

3. **Matilde e il fantasma**, Wilson Gage/Marylin Hafner
10. **Il verme, questo sconosciuto**, Janet e Allan Ahlberg
21. **Il gatto con gli stivali,** Tony Ross
26. **Amici Amici**, Helme Heine
27. **Ciccio Porcello domani si sposa**, Helme Heine
30. **Il mostro peloso**, Henriette Bichonnier/Pef
34. **La bellezza del re**, Henriette Bichonnier/Pef
35. **Qualche problema per Matilde**, Wilson Gage/ Marylin Hafner
46. **Pizzicamí, Pizzicamé e la strega**, Henriette Bichonnier/Pef
47. **La vera storia dei tre porcellini**, Eric Blegvad
48. **La strana notte degli Amici Amici**, Helme Heine
68. **Voglio i miei pidocchi!**, Pef
79. **La mia vita col mostro**, Richard Graham/Susan Varley
89. **Devo ricordarmi… cosa?**, Ken Brown
100. **Margherita e l'osso parlante**, William Steig
101. **Il ritorno del mostro peloso**, Henriette Bichonnier/Pef
102. **A spasso col mostro**, Julia Donaldson/Axel Scheffler
105. **Halloween… che incubo!**, Christine Féret-Fleury/Pef
106. **Una domenica dal nonno**, Philipphe Dupasquier
107. **L'orribile Uomo Piatto**, Rose Impey/Moira Kemp
111. **Voglio la TV**, Susie Morgenstern/Pef
113. **Il boscaiolo furioso**, Pef
114. **Il dragone puzzone**, Henriette Bichonnier/Pef
115. **La strega Rossella**, Julia Donaldson/Axel Scheffler
116. **Gruffalò e la sua piccolina**, Julia Donaldson/ Axel Scheffler
117. **L'omino della pioggia**, Gianni Rodari/Nicoletta Costa
118. **La chiocciolina e la balena**, Julia Donaldson/ Axel Scheffler

119. **Alice nelle figure**, Gianni Rodari/Anna Laura Cantone
120. **I viaggi di Giovannino Perdigiorno**, Gianni Rodari/ Valeria Petrone
121. **Dov'è la mia mamma?**, Julia Donaldson/Axel Scheffler
122. **Il gigante piú elegante**, Julia Donaldson/Axel Scheffler
123. **Animali senza zoo**, Gianni Rodari/Anna Laura Cantone
124. **A sbagliare le storie**, Gianni Rodari/Alessandro Sanna
125. **Per fare un tavolo**, Gianni Rodari/Silvia Bonanni
126. **Una casetta troppo stretta**, Julia Donaldson/ Axel Scheffler
127. **Le favole a rovescio**, Gianni Rodari/Nicoletta Costa
128. **Pesciolino**, Julia Donaldson/Axel Scheffler
129. **Il pittore**, Gianni Rodari/Valeria Petrone
130. **Il libro preferito di Pablito**, Julia Donaldson/ Axel Scheffler
131. **Il re Mida**, Gianni Rodari/Francesco Altan
132. **Uno e sette**, Gianni Rodari/Vittoria Facchini
133. **Bastoncino**, Julia Donaldson/Axel Scheffler
134. **La passeggiata di un distratto**, Gianni Rodari/Alistar
135. **L'arca di Noè**, Roberto Piumini/Valentina Salmaso

Finito di stampare nel mese di gennaio 2011
per conto delle Edizioni EL
presso Gruppo Editoriale Zanardi S.r.l., Maniago (Pn)